酒神賦

◉洪春峰／著

聯合文叢
639

【序】

酩酊的詩學——我讀《酒神賦》

羅智成

風格、成就與寫詩的樂趣，
決定於我們對詩的想像。

作為一個世故、犬儒又
偶而及時地真誠著的讀者，
我喜歡躲在這樣的視角後頭
窺視各式創作者演練著他們對於詩的想像，
並用測字、占星學、心理分析與文學批評
進行賞析、進行相命。

但是我最習慣使用的，

還是「靈魂類比法」吧——
某種靈長類失傳已久的探嗅的直覺，
或在字裡行間持續追索的基因族譜。

無論使用哪種方式，
我們都會發現春峰對詩的想像與期待，
和當代多數年輕的創作者不太一樣。
表現出來，
無論在語法的偏好上
（它微調著說話者與聽者最幽微的關係）、
題材的選擇上
（它洩漏出觀看者與對象最特殊的關係）、
切入事物的觀點或
第一人稱的形塑，
都有別於我們習慣看到的作品。

這樣的書寫態度會不會成為
可持續性的風格？
我尚無從知曉。
但你不得不被他在作品中
流露的對世界巨大的深情，
或在深情中顯現的巨大世界
所吸引。

對他而言，
詩創作的國度
代表著更高的視野、
更宏大的言談規格——
且必須深具美學的理想性。
像一座宣示與告解的聖堂，
坐落於慾念與神聖性之間。

一般創作者多少也會如此想像。
因此，一旦開始書寫，
你將比平常的你更溫柔、美善
那不正是我們一起接近詩的原因嗎？

但是春峰在這方面的傾向更堅定、鮮明，
像牢牢握在手中的信念，
也深刻影響到
瀰漫在整本詩集裡的
他書寫與言談的腔調。

在呼之欲出的西方神話典故
或藝術史脈絡輝映之下，
春峰的詩
的確是一座宣示與告解的聖堂，

我們在彼說話時，
會聽見空間的回響、
天使的和聲
和亡靈的嘆息。

我們在彼說話時，
夢境與現實、
失望與希望、
美麗與憂傷
都並排而坐，
我們坦然與它們相擁，
因為詩為我們作了見證
我們不再畏懼、不再撒謊。

這就是我第一時間感受到的

春峰對詩的想像。

但那只是一種情懷，
還須透過有效地創作，
把讀著也拉到愛與死
輝煌絕美的現場；
或生活與貓
充滿各式隱喻、諧擬的舞台上；

因為讀者在進入之前
是抱持懷疑的，
是昏昏欲睡的，
或像個幼稚的戀人，
三心兩意、
左顧右盼，

讀者還沒成為你的讀者。

你必須在你朗讀的詩句裡頭
展現出最大的耐心、
最大的真誠與熱情、
和迷人到近乎不可能的願景：

他們在音樂裡舉行婚禮
他們在影院以感情合影，凝住時光
他們握手，擁抱，吻了，又吻

星座為他們而設，我這樣以為
我這樣以為你是某一難以定義的星座
屬於家，屬於愛，屬於美與智慧
擁有美好的品質的

一個人，你是人在宇宙間的紋身
也或許，你便是美好本身

春峰想說、想做的事太多了，
急於關心與照顧的想法也很多，
就像他想像中的詩與盡責的詩人。
這遠遠超出地球人的時間與能力，
詩於是不得不成為
他對世界不停開出的承諾：

我需要一個靈感來阻止
另外一個靈感的出現，我想
要向你借個火
或是，請你向我借火
讓我溫暖你雨季的心，雪融時

讓你記得暖，春天裡，一點光
一滴水，等綠芽冒出來

他對詩的想像是巨大的，
作為這樣的詩人，
他不得不跟著巨大（透過視野或心智的擴大）。
而他對世界（透過情詩中優美的第二人稱來代表）
不停開出的承諾
其實就是自身的渴望——
自己相信可以在詩作中實現的夢境。

星辰的芳香，也許將指出那可能的路
我也曾純潔，如襁褓中的嬰兒，但我
此刻只想焚身，在虛偽與虛偽構成的戲台

博君一哭，或一笑，我將彎腰直到
聽見掌聲衰老，享用不受觀眾青睞的凶暴

《酒神賦》中大部分的「我」
都是鮮明、熱切、無微不至的，
從不間斷自我省察或胡思亂想；
這樣的「我」必須透過不停
被書寫、被詮釋、被定義，
甚至透過濃濃的劇場氛圍和精深對白的演出，
才能清楚顯影、定影，
成為被所有第二人稱
傾聽與信賴的對象。
就這一部分而言，
我覺得詩人的現身說法

就已是成功的表達。

春峰的語言是經過用力思考產生的，
充滿了礦脈挖掘者的專注
和不可避免的斧鑿
有時略嫌抽象與概念化
有時則充滿了挖出文字金礦的欣喜。
我就不停從他力竭的句子裡
讀出無從宣洩的獨立思考與
濃情密意：

像我看見你在一片時間的海洋
之上，吹著風，霞光
雨露來過
就如同你來過般的來過

對我而言，他的詩作
好像自我意識的畫框。
又好像酒神於酩酊之際
用盡他所有的清醒
獻給奧林帕斯山下的世界
一首首的戀歌。

【序】

酒神與我

張卉君

其實我不是那麼認識春峰。

如果不是因為成大時期的文學獎，我們南轅北轍的性格與領域，應該不太可能有交集；事實上，那也僅僅是頒獎典禮時並肩而坐的幾十分鐘談話而已。

離開校園之後我們各自在社會中經歷，如大海中短暫交會於潮界線的漂流物質，在下一道浪來後，便各自順著洋流去探索另一片海域。十幾年中少有幾次的對話是在臉書上，春峰會冷不防丟我幾句話，告訴我「你做的事很棒」；有一次則是鼓勵我把工作經驗化做文字：「你寫了什麼就丟給我，我眼光很準的。」後來我才知道原來他在做編輯，而那也僅是他眾多角色中的其中一個。

雖然我們真的接觸不多，但春峰是少數還記得我有在寫詩的朋友，所以對於這樣突如其來的訊息，總讓我覺得有種小小的溫暖，像某個寒夜中有人恰巧路過，在你面前摩挲著打火機的火光，迸現出星點般的希望，讓你還願意相信光。

這一次春峰在臉書上丟我訊息，是邀請我為他的詩集寫推薦序，為此我們聊得比較久。當時我和基金會的團隊剛從海上島航回來不久，在媒體上公布海上拍攝到的污染和海洋廢棄物的問題，其中以西南海域的各項污染都較為嚴重；後來春峰跟我說，他其實是海邊長大的孩子，老家在高雄的紅毛港附近。

「你不用管我寫了什麼，你就寫你在做的事，最好也寫一首詩，這樣就拉風了。」這是第一次有人請我寫推薦卻要我寫自己的事就好，我歪著頭在電腦螢幕另一端看著春峰的文字如他的人，帶點跳躍慧黠而古怪，和他的詩深情細膩大異其趣——難道詩人們都是外星人？

也許我始終不會認識春峰這個人。

從外型、從臉書上不規律的文字、從他給自己標誌的各種符號，我都感到困惑，彷彿洪春峰就是落入凡間的酒神，面容總是微醺、思緒漂浮晃蕩，文字卻醇厚甘美，令觀者沈醉而一飲再飲，一詩入魂。

於是我可以不管酒神各種形象，僅作為一名純粹的飲者，揭開甕中甘液，在醇香中啜飲入詩百味，有流動的情慾、無序可守的靈動、至情至性的痛楚、萬人同味的傾慕，還有處處湧現的海——在酒神的缸裡海味已是釀造的基底，帶著鹹澀的苦味發酵後卻成了一抹鬱鬱墨墨的幽藍，餘韻無窮。

酒是時光對擅於等待者的餽贈，而詩是世界對美好生活的各種隱喻。

願以詩為酒，以海相佐，望盡千帆不如共飲一杯。

（本文作者為 黑潮海洋文教基金會執行長）

【推薦語】（依姓氏筆畫排序）

李國強

量子娛樂總經理

我跟春峰有幾年的時間一起學東西，為了各自的興趣與熱情，從一九九九年以來，我們聽著看著對方的節目與作品，分享過喜怒哀樂和對製作的心得與想法，至今，他偶而會來現場找我，我們會知道彼此正在做什麼。他一直在語言的戰場上，輸過，贏過，終究會留下痕跡。祝福。

施榮華

斑馬線文庫主編

春峰的文字背後是秀逸多變的靈魂，從來不太平，他習慣用不同眼光看待事物，不受規則約束；你可引用他、亦可反駁他，唯一做不到的，就是忽視他，因為他是古典的，是溫柔的，是美而叛逆的，是龐克的，是永遠現代的。

唐捐

詩人

這本詩集奇妙地結合了「超現實」與「抒情性」。一方面具有詼詭的構圖與設想，勇於試探隱微的內在世界，耐讀且耐思量。另一方面又具有魔魅的聲響與旋律，恍如深山泉水，純淨而流暢。當今詩潮在主題上以厭世為主腦，在形式上以排比為大宗。春峰在順勢之餘，復能逆流而出，毅然追求精緻的詩藝。他的作品意念機警，畫面玄奇，句式瑰麗而迷人，能使「抒情之花」開在「故事的枝椏」上。在神話式微的年代，我更樂於迎向這狂迷的酒神之賦。

許赫

詩人、斑馬線文庫社長

人類學家 Ruth Benedict 形容「酒神型（Dionysian）」的瓜求圖印地安人，時常表現出誇張競爭，以及對權力的飢渴，這個文化中極為明顯的不掩飾任何驕傲、羞辱等情緒。相對於節制而優雅的太陽神，酒神顯得充滿才氣而自由。所以詩集裡說：所有父親的情人們啊／所有前世百代以來的戀人們啊／所有真誠恩愛的朋友啊／所有演算法與天文物理追尋的命定。

詩人洪春峰，是我認識的朋友裡極具教養的一個人，除了言談之間，信手拈來豐富的藝術文學素養，生活裡品味的挑剔與堅持，更是他書寫裡面最厚實的養分。

張盛滿

中國美術學院教授

與春峰兄的相識，如他詩中所敘，是一襲「恰當的溼氣」。而讀他的詩，不由人不嫉羨他雪一般純良的秉性。他將自己瘦成「一筆、一畫」乃至「狼毫一縷」，甘做愛的犧牲，情的獻祭。更以不分溫熱的季候為甜淡的方糖調適人間況味。詩中那一壁因風的失措而被礫石擦傷的懸崖的獨自憾懷，或是詩人的隱忍與熨帖，也或是天地對生命予以加持的暗許……。與春峰君的詩相遇，是一種——有幸！

鍾岳明 鏡週刊人物記者

請注意！他的詩裡有毒，也有愛。他生活在文學以外，為做工的人盜火，為賣肉的人贖罪，為鑽營的人懺悔，只要心在跳，靈感如泉源。他是酒神的信徒，對文字飢渴，在罪孽中取暖，割不去的癮頭，以活詩喚醒活屍，灌醉萬惡的城市；他是深夜歌王，以吟唱登基，在島嶼裸奔，霓虹下撒野，街頭呢喃，路邊野餐，永遠行在狂喜之路上。

Ed Howard 前海豹部隊中校教官

巴拉史諾登等級。一抹春風百劫身，菱花空對海揚塵。我們一直都是那球場上淋漓奔馳的少年。

咪咪

貓界　正白旗　皇太后

「……」

目次

輯二　酒神之夢

輯三　醉詩

輯四　貓的現象學

輯五　二號初雪

輯一

下樓梯的女人

生活如此美好
自由是借來的債券
愛是幸福的讚歌
青春讓人愛得行雲流水

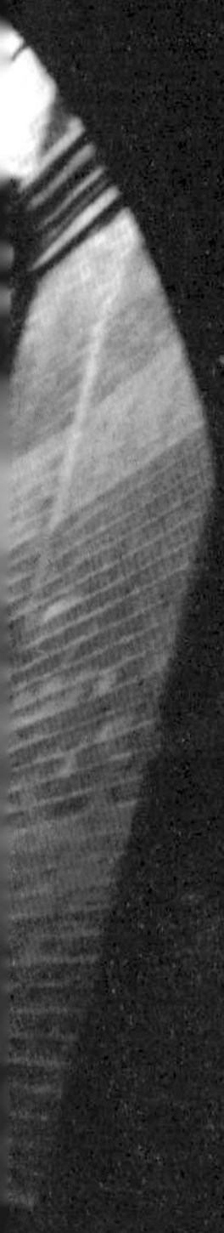

相逢

我們朝著死亡前進
遇見了愛情，在那之前
我們穿上心愛的球鞋
鞋帶鬆緊適中

我們不介意，鴿子在冷氣窗口
踏步、振翅，心懷飛翔的理由
飛翔的理由未必是墜落的前兆

相逢在時光之中，在你最好的年歲
而我……在你最美的容顏上

印了一個吻
或許你是我的，或許我允諾了你
一生的愛，我們朝著死亡前進

毛衣與暖暖的襪子，讓我們不停前進
汗水與你的笑容，你看見了我
怕遺忘了你，我在心中描繪你
赤裸的靈魂，一陣風經過你
但不能帶走你，我們是愛神寫下的詩句

我們可以說出真相，沒錯……

但我們也有編織事實的理由
飛翔的理由我們也有

至少，我們帶著愛情
朝死亡前進
飛翔著，穿過風，越過雨滴
像一對不懂後悔的飛鳥

二〇一八年　二月十七日　06:08

紀念日（與父親無關）——致 Gina & Aska

從異國的言語到峽灣
從幻影到新的幻影，天亮了
直到愛情看見你
在父親的身後成為父親

所有父親的情人們啊
所有前世百代以來的戀人們啊
所有真誠恩愛的朋友啊
所有演算法與天文物理追尋的命定

在戰場上，你對我說過的話
未曾被虛構的槍聲淹沒
你寄給我的夢般的語言
我次第的收著，依序，如城與城

城裡的異國情緒更濃厚了，還有人
試著征服，或抵抗遺忘
在我們掙脫統治推翻霸權的過程裡
試圖燒光敵人陣營的糧草，取敵將首級

搭築那彼岸之橋，給未來的孩子
給已來的孩子，給早就離開的某些人

也不曾忘記溫柔，或那些溫柔的品質
簽收低地國家的日光，你駕著鋼製的車
身懷對方的凝望，品嘗過孤獨的食物

孤獨的食物是暖的，給生命熱量
當你赤足奔行過時間的堤防，或如一片
堅毅的雪，穩穩回歸妻兒的身邊
回到國，回到家
或回到夢鄉，也不曾忘記
一再確認愛是你們彼此的憲法

二〇一八年　一月一日　登載於 鏡文學

彷彿

我彷彿感受到心中的落石聲
礫石擦傷了懸崖
錯伸援手的風曾有過
悔悟，也滿懷信心
立於冬日面前

默默寫下新版獨立宣言
再撕去，撕去是為了再寫
寫得無愧，也字正腔圓

明天起，世界更加無缺

有人願意讓你更投入一點點
還有人因掙扎而姿態更美

在今天，嘗試生火
松木的體溫愈升愈高
領悟了時間
在今天決定與未來告別

它站姿堅定，疑似早早獨立
郵筒的蹤影輕輕地勾引我
它或許也向明天告別了
有自己的懸崖，生活在今天

二〇一七年　十一月三日　17:28

討論

導演沒有稱讚他
關於演技更好了這件事
因為導演從不在場，不依照舞台
只是讓光與暗，以及人的位置
無理由的來來去去，彼此經過了

幾秒的猜測，很快地烏雲就經過了
不滿的月亮，依舊那麼亮
我扮演了情人與忠臣，你即興
念出想像中最好的對白

「是不是這一輩子，我們都太過煽情，
奢望用耐心溫暖你體內麻痺的一切。」

導演沒有說話，我卻覺得
這些念白比現實還痛，痛到
沒觀眾能感受到其中荒謬

「你要想像一個微小起伏的湖。
湖也有它的禍福，它的親人。」

趁你還有勇氣的時候
去面對那些遲來的角色
舉手抬足，吐納呼吸，衝突
無不是功課，凝視自己
趁你還有勇氣的時候

「用盡力氣幫我進入腳色，
我會自己走出來的。」

瘀傷與夢想很像
愛與苦也很像
無奈與放棄有些接近但不
其他問題有空再討論

石庫門

被時光孵化的戀人
走過石庫門
她喜歡黛藍色心情
淡淡的，都好好的
戀人不會老去

時光偷走了他們
從現實中，從霞飛路
到外灘，偷竊正在發生
或已經發生，石庫門

愈來愈稀少，多多少少的
都市更新與變遷
時光將他們投回現實

石庫門是鎖不上的心門
男孩曾騎上單車載著心愛的她
追逐高潮，比天際線更高的

生活如此美好
自由是借來的債券
愛是幸福的讚歌
青春讓人愛得行雲流水

「海是你的，但愛不是。」

陽光篩過梧桐樹葉
愛永遠會在
它沒死
愛只會悄悄地離開

單車倚靠在石庫門磚牆上
雲朵穿過老虎窗
明珠在東方

時光腐化戀人
放逐了他們
極樂世界或許在西方

請到外白渡橋找尋我的愛人
去蘇州河畔看水花
走過石庫門，剪下時光
剪一對人影，貼在心上

自己——給 Jimmy

便啟程，風急急地掠過
耳畔
髮絲揭開後，耳中有聲
你聽見自己
胸坎裡的問題

另一個你，回答你
就讓一個更新的答案，接著
新的答案，走向你
走向遠方
會合，與自己

二〇一七年　六月三日

註：Jimmy跟我有一次在聖誕晚會要上台表演，也要主持。因此，我倆都有點緊張。那時，幾個同學已練團了一個禮拜，醞釀默契。排練至尾聲，已經乏力，正百無聊賴，而我忘了是誰開頭撥和弦，接下來五分鐘，眾人竟給出了一首五月天〈擁抱〉，我注意到，空間中的氣流轉變，台下台上人都安靜了，那是我們的最好版本，凝住魔幻時光。

靈感

莫名的腫瘤有時像靈感
向你借個火，就冒出來，種種
肉體的恨與心裡的傷害
像靈感，不抽菸，也能冒出癌

我們有癌，也有愛
我們不需要那麼多靈感
太多靈感，有礙健康
健康需要身體與心靈彼此
和棋，攤牌，不爭，不戰

停戰吧，就止息硝煙了
好嗎？就坐下來
喝杯淡淡的熱茶，喝杯
咖啡色液體，或一杯透明的水

八萬四千種勞苦與塵埃，如法門
你是否遇過了八萬四千個人
凝視過八萬四千片雲
或是其他的生靈
一些鳥和植物

我需要一個靈感來阻止
另外一個靈感的出現，我想
要向你借個火
或是，請你向我借火
讓我溫暖你雨季的心，雪融時
讓你記得暖，春天裡，一點光
一滴水，等綠芽冒出來

下樓梯的女人

當個下樓梯的女人，我倒立著
或走在另外的時空的建築物
我會否遇見一個男人，他端正
而他嘴唇所隱喻的吻
像伏筆，靜靜臥在幾秒之後
我們遇見，彼此發現彼此

愛情消瘦了我們的靈魂
一個又一個吻
將滋養我們，有過度肥胖的幸福
又想減少一些，練跑馬拉松

才不讓愛與情
彷彿一座代工廠裡的
某支不會冒煙的紅磚煙囪掛在天空

巨大的香菸，閃電引燃菸頭
愛是更巨大的癮，比氰化物更毒
請你把我當個下樓梯的女人
那般，持續地凝視，看著我

我要在你上樓的時候
靜靜地，走進單向道的迷宮

我能被你遇見，我渴望的愛
與情意，偶而也會不甘心於渺小

端正的男人眼中的我，不曾失去引力
但方向不會有如輪軸般固定
因為我是渴望被愛的女人
在命運樓梯間
轉圜，前進，我是下樓梯的女人，愛我
你必須，縱然我只是一位為你下樓梯的女人

二〇一八年　六月　登載於　鏡文學

星座——給 Esther Lin

我記得你細長的手指
你為我們帶來震響世界的笑
明亮的歡笑震響玻璃杯
你醞釀過頑皮的夢
對不公的指控，有人愛你叛逆

一陣，又一陣霧，從你
腰間起伏的山谷出發的霧
天使會遇見另一個天使，而據說
天使，也會孕育出天使的
俊秀的孩子，令人愛到髮指
千支蘆葦指向天空，石頭臥軌
於一側，飛鳥靜靜的，靜靜的

「我猜想，他們之間有一對雙胞胎
並肩，前行，彼此照料……」

照料對方，也照耀彼此
他們將光折射於對方身上
在對方孩子般的眼裡，看見認真

認出伍迪・艾倫，聽到音樂聲

他們在音樂裡舉行婚禮
他們在影院以感情合影，凝住時光
他們握手，擁抱，吻了，又吻

星座為他們而設，我這樣以為
我這樣以為你是某一難以定義的星座
屬於家，屬於愛，屬於美與智慧
擁有美好的品質的
一個人，你是人在宇宙間的紋身
也或許，你便是美好本身

抵達

日積月累的恨
改變了科學的發展
我們不滿於寫詩，寫心情之後
需要遲遲等待而得到回音

致那樣的年代，書信的憤怒
還未曾被通訊軟體稀釋
書信的感情亦然，等待是
好的，你知道心情不輕易死亡

寒冷的思想的字跡

熱情浪漫的纖維造成的紙
摩擦，交會，那肉感的
細膩的吻痕，我不想太快不愛你
於是，我寧願寫信給你

化身成一封只信任郵差的信
將自己的血化成墨
貼上郵票，經歷喉嚨的郵筒
為了抵達你，週期的朝聖

到你的思海岸邊，一朵雲
一望無際的浪花舞動著
一隻鳥飛過天空
一個我，站在妳心裡的門口

關於

關於你我之間
還有一簇火光閃爍
關於存在的理由
雪影之中的烏鴉群飛

在你我之間，鴿子的翅羽
依然如你我擦過的唇印

在雪地，你要我看紛飛的花
我說花的種子還在沉睡，而
眼前的花唯有你，也只有你……

你眼裡的花卉，你夢中的草原
你心底的湖泊，你唇上的愛情
那些我所收藏的，記憶的事情

都關於愛情，關於你在西班牙的沙灘上
寫下的我的姓名，我們避不開來世了……

於是，我寫下你，如光寫下你
以影子呈現你一生的自由與遺憾
你是我的光與影，而我是你的

關於我們的故事，或許該留給他人去寫
他們可能妒忌，或輕易忘記
但關於他們不懂我們的愛的這件事
我們不需要介意，關於故事裡的我與你
就只是燎原的我和你，你和我，我和你

二〇一八年　二月十二日　17:36
二〇一八年　五月登載於　中華副刊

無題——給黃荷生

美存在於你
身上，輕妝如夢

劫走題目，改變詞語
與物體的節奏
調度顏色與鏡頭
如水母的燈柱

美離開了你
來到了我身邊
這是你設下安排

天意般，將你盜來的
火，斟入茶杯
要我看看
另一隻眼睛的雲朵

二〇一八年　十二月十二日
寫於駕駛特斯拉 Tesla Model S 之夜，在電影《水行俠》後。

海洋

「這個遊戲變成了我的執著。」——吉爾姆

我愈是下沈，愈能感受到水壓
肺部已被壓縮到原來的
五分之一，那其他五分之四呢

也許有三分之二是躲了起來
也許，他們隱藏了自己

在一口氣潛入
海底一百二十六公尺
我痛不欲生，也不欲死
更不欲人知的事

我便不多說了
這兒的沉默是海的沉默
是我為了你爭取的自由

與獨立，那是唯一的唯一的
沉默，在我看似沈沒的過程中
我漸漸升起，我心裡的你

我心裡的你不沉默
訴說著銀河之事
與動植物的樂園裡的軼事

我失去了甜味
我想念著你
在海底

在海底，在還不夠深的海
我需要另外的肺
另外的
三分之二，或五分之一

金牛座

星空將線條點綴在夜幕之上
兩點之間，還有許多的之間
將所有違反原則的事物拋棄在身後
於是感覺清爽，疏朗
在你的肩膀，我閱讀季節的留白

遠處，有一個農莊，一輛馬車
在等你的心，你知道
誰說出陰影，誰說出真理

將不屬於愛情的部分剔去

將不善良的特質消磨，或將
不美的一滴汙漬，變成美的
那是你本能，或本來所不能

靜靜地走過都市與人群，遠遠地
眺望海洋，你的笛聲與我的蹄聲
交響，響亮了黑夜的陰影

將陰影背後的陰影輕輕的抽出
將真理安置於心臟
這星座的固執如此美麗
比黃金的秋葉更耀眼

那一年，你降生在某一刻

定義你原本性格的雙股螺旋
你不斷改寫自己的名字
更堅定自己的意志

我愚笨的小聰明對你毫無吸引力
你酣睡的模樣值得了最好的禮物
那是你清清楚楚的步履，你眼眸的秀麗
人們將指點你千萬年，以願望
召喚最初的喜悅，與最深的心情

真理，穿透語言柵欄的真理
不說出卻比說出口還真實的那些事物
就在你的眼底
那是人們欲探詢的寶藏

你走進了浪花，奔向了天空
你飛上天空，讓星座們不擁擠
恰好屬於你的位置，與神祇
一同想像，一同歡暢，一再地
夢想屬於光明與陰影
之間的許多之間

只有少數人看見你的蹤影，或蹄印
在幾條銀河間，在幾個真理之間

二〇一八年　八月十六日　11:26

輯二　酒神之夢

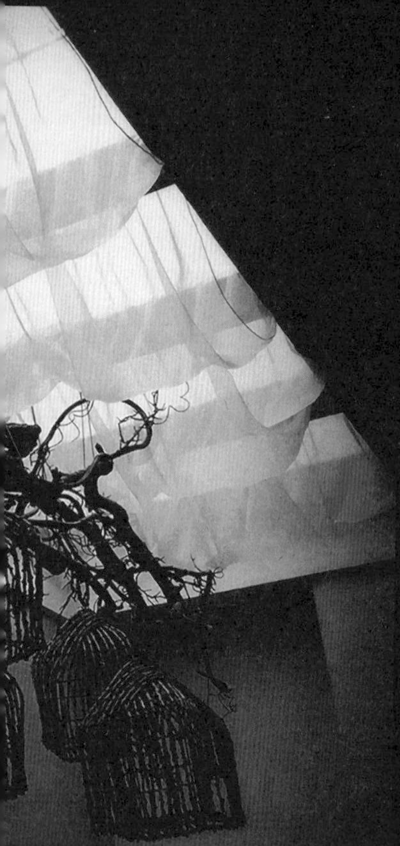

於是我瘦了，我瘦了前世
我瘦了三世，我瘦成了一個字
我瘦成了一筆、一畫、一句
不成句的點點滴滴的殘墨
瘦成閃電，瘦成了狼毫一縷

夢後之作

在夜裡醒來，你還在沉睡嗎？
與誰相擁而眠，會是你最歡喜的事
我靜靜的讀著北歐的詩句
心頭的黑暗逐漸被黎明吹散

無形之物，在你有形的軀殼之中
懊悔十年之前的一件事情
一樁失落的友誼，一些不該施加
或承受的暴力，無形是有形的

在夢後之夢，夢中的巨大飛鳥收起翅膀

在夢中我們對彼此說愛
在夢中我們喝著洋蔥燉肉湯
在夢中，我們不需要寫詩

我夢見你與世界靜靜的摩擦
不，我是看見你流血
你的白襯衫磨出了毛邊
你的眉毛是如此的美

夢，讓我更遠離你了
然後我們必須繼續往對方前進
穿過彼此，讓所謂的靈魂
輕輕地撞擊，輕輕的
碎裂，輕輕的，刺穿彼此
不再沉睡，在時光的黑夜中醒來

二〇一八年　二月十七日　06:18

頓悟

這是我的頭顱
被砍下後
的第一個週末

於是我去翻過報紙
流浪於網頁的浪花上
而荒謬的事莫過於
張惠妹確實不是地球人
亦非
外星人的任務之一

我笑得合不攏嘴
腰疼了
以暴力麻醉自己的權力鬥爭
那些猥褻，竟帶給人溫暖與激爽
滑過埃鳳 6S 的臉頰，她沒有
淚水，iPhone X 的眼角有
一種無法形容的細懸的美

我的頭顱感受不到
時代廣場的風
人群的溫度
好像我仍未決定何時去留

這些淫蕩的恐怖份子
打了電話給我

「……」

這荒謬劇場裡的戲與情節
對我眨眼睛的觀眾
陰影下的鮮花與美人醇酒
我們溫柔的謝過了對手

那些壓迫你的對手仿似
家人、情人、陌生人與朋友
在我頭顱被砍下的第二個週末
她們再也不能說髒話，暴力行為
也失去了原本的不正當性
色慾盡失，南無般若波羅蜜

第七個週末，我的頭顱與身體

分開太久，無法自拔的無趣感
再一次激起千層雪，毒藥般的美

我拾起頭顱繼續向前走
想喝一杯可樂，或抽一隻菸
與貓咪對話，看雲……
做愛中寫詩，望見那失傳許久的
功夫，溫柔的頭顱吻了暴力的頭
他們都愛上了音樂與詩

向前走，直到又遇見另一個
被砍掉頭顱的軀體匆匆地離去
沒有回頭，也沒有停留…
已有數不清的週末了
我想念的純真已經離開了

二〇一八年　八月

遺忘

絢麗的雪落下
寫上一曲秋心賦
剛剛走開的人
菸還點著，點著了傍晚

沒有太多人敘述你我的
關係，他們並非吝嗇
在查證妳我的愛情過後

我們究竟是史詩
或一齣舞台劇

是兩張臉或一個吻

我們的國土屬於彩虹的盡頭
你們的誓言，彷彿殘墨
流淌在時代的鏡頭語言裡
在我的眉間，在你身邊

二〇一八年　十二月十三日　01:26　寫於華中橋

愛的音樂性

黑暗房中赤裸的音樂
褪去我靈魂的外衣
我將裸裎，而衣服散落
滿地，這時刻我擁有比情慾更
堅貞的姿勢，神態已變
如一尊神祇，受人膜拜
任風吹，鳥飛……
我存在於感覺的深淵

眺望，深淵底我抬起無傷的雙眼
望向頭頂的層雲，以及太陽

太陽也示弱了，他承認了我
接受我一瞬間的無意的一瞥

我聽見河流的脈搏，以雙手汲水
飲下夢境所遞來的酒，如春藥
如絕美抽象的概念
我被酒改變了

我們融為一體，若玫瑰之火
燃亮黑夜與深處的海洋
我們分離，如板塊

對彼此告別

以告別的姿勢成為神祇
成為關係所無法捆束的戀侶
我們以告別建立初吻
我們以吻別回到最初的一刻

回程

我希望今天就可以死去
在最幸福的時候死去
在回程時，火車出軌
飛機失速，或相遇了攔腰的鋒利
我沒有遺憾，愛透過我體驗了愛
我希望今夜就可以死去
在她的手握中失溫
逐漸冰冷，喚不醒的
耳鳴
一陣陣，將我傷的肺葉如刃剪下吧

於是我瘦了，我瘦了前世
我瘦了三世，我瘦成了一個字
我瘦成了一筆、一畫、一句
不成句的點點滴滴的殘墨
瘦成閃電，瘦成了狼毫一縷
我希望今夜就可以死去
在穿越千次陰道後
回到最初的子宮

那是一個夢
一個未曾謀面的第三人
他夢見了我的夢

二〇一七年　三月九日　23:33

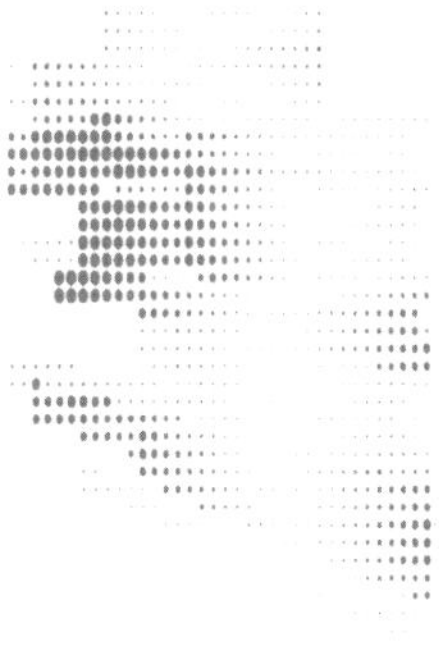

酒神之夢——給2019年的R並致Joyce

若說有緣，就有滿月的圓
若無悔，一九九〇年妳的馬尾
鞭傷了與妳交錯的我的臉

「清白之戀，啟動了我的一生……
在取考卷的時刻，我寫下愛。」

輕輕走過你的身邊
希望沒有驚動妳
一場戲，三十年，假裝不愛
紅玫瑰與雪玫瑰，也並非無悔

擁抱你，永不落的天蠍
我是夜空中不懂語言的獵戶
在星座的宮位，這春天裡
第一次或許最後一次的
擁抱妳
我夢中之夢，立著一位
微醺而清新的王后

如秋夜，又或
一陣春風，只靜靜地戀
靜靜地，戀著妳一縷馬尾
我只能靜靜地安坐
或遠望，像注視著曇花綻放

「不早亦不遲，妳天蠍之尾
螫傷我純金的心，心是霧金。」

你溫柔的髮絲是什麼樣的黑
妳致命之吻是甜蜜的毒液
上癮，或入迷，唯有以美解毒
我煉出更毒的美，獻給愛

「可愛三十年，可能三百年。」

愛也如蠍
擁有自己的四季，生長期
從清明到白露。從秋分到霜降
在立冬至雨水之間，休眠……

這見妳的一刻
是驚蟄，如初見的
戀，應該是清白的……

青春，乾脆，卻不易碎
妳是最值得描繪的神秘季節
若說無悔，何以我狀似無傷？
又清唱一曲，又一曲悠悠的情歌

「半生又半生，將短短的一捺
寫在心的一處，鎖在星空之上」

將君心放在燈火闌珊的琴房
任我心，如星塵聚散，在身畔

妳說了：「去愛。」

如一闋情深的納蘭詞，堅守妳
容顏的典章，皓首之前
許我為妳抄寫密碼的萬筆千言

二〇一八年　三月十一日　03:24

巨蟹座女孩

在夏季的夜空下偶然閃過的
臉龐與玫瑰，是一場完美的吻
歌聲裏有清新的音調與陰影

陰影籠罩如黑雪
雪無失誤，愛如閃電
在她的心上，還有冰淇淋
不為了抵擋冬天，把詩卷燒了
成灰，雨季隨雷鳴而動

春天結束前，還有一片焦土
焦土的命運是千百顆流星
支配過的，吻得完美
我們遺忘了句點

二〇一八年　三月

愛與誠・2018

趁這個世界變得更髒
更亂、更醜惡、更悲慘之前
愛她一遍，一遍，再一遍
又一遍又一遍
這是我倒數第二個心願

註：〈愛與誠〉是古巨基的好歌。另外，也是由麥兆輝導演，吳鎮宇、梁詠琪、陳曉東、王傑、李燦森主演的香港電影名；二〇一二年，三池崇史導演，妻夫木聰、武井咲主演，也呈現了一部〈愛與誠〉。

描述之歌

請向我描述彩虹的顏色
是否像是最先抵達的醉意
第一波的攻擊如此溫柔
與後續而來的慾望，如火般

如火般，也擁有水的特質
在攝氏十五度的季風中領悟
我想起，我所依偎著的第一位處女
她曾告訴我關於詩句與釀酒的秘密

她告訴我她身為處女的疑惑

而我無言，無語，我望著她的眼
我看見彩虹色的我，進入眼眸的迷宮中
於是我尋找遺失了的自己，關於死亡
關於該如何站立在死亡的門前

我該輕叩門，或是禮貌問候門中的使者
那無以名狀的死者發出來的悅耳聲音
聲音抵銷了門，震動我耳膜，穿透我的心
以聲音開鎖，這是無法流傳的秘密了

「可否告知我，妳所知道的關於時間的事。」

我問著這位處女，她閉上了雙眼
她告訴我另一則關於時間的寓言，她試圖

讓我明白，描述是一種不可能的徒勞
就像一個你唱不到的音高
觸摸不了的天空的雲朵
描述之歌具備透明的顏色

那我能描述歌曲嗎？或者
描述你
描述你對我的描述與凝視
你的話語，那唱詞般的字句與詞語

讓我記憶你，如同記憶古老的詩句
當我吟唱你，歌曲緩緩流瀉
如酒，從杯中傾倒
而出，潺潺的流出，汨汨的流出

在那屬於你與我的時刻
無法描述的時光，像無法
被攝影的空間裡的一座雕像

化妝

而你是史上最壞的隔離霜
為我擋去全部的陽光
幾乎是了
他人所能想像
也無法想像

戀愛中不打誑語
我們
都不在家
不會有逼一聲

也不會有請留言
我們現在對方身上

彼此心上
在靈魂
和肌膚之間

有一層
關係的
透明的膜

我姐夫他不明白
顧城說不出來
蜜絲香奈兒
佛陀儼然

如塵埃

或許是愛者無疆
也許鮮魚湯忘了放薑
你是那橘紅的彗尾
憐我姿色
你是那軟軟
我說你是最壞的隔離霜

因我的瑕疵
亦過分完美了
雀斑、肝斑、黑斑、小曬斑……

比清水淡
笑容的細紋淡了

我飽受嬰兒們粉嫩的嫉妒
也接到消保官的申訴
幾乎……

膚色暗沈了
我的五官
一秒秒緩緩
融進黑暗
別怪我錯將你塗抹於天上

二〇一七年　三月三十日　07:53-08:11

前戲

多麼想拿起 VR 鵝毛筆
下筆，改標明天
一場或昨日某齣戲
一位劇本小說家為業的女孩走過
陳舊與新穎交錯的二輪戲院

雨滴乾涸，屋簷一側
有燕子搭築巢穴，待哺的雛燕
在交織的枝枒上等候
夏季已來，春日又將過

這位劇作家寫下自己
心血與幻想
改寫，鋪張，諸位角色的生死
便在她筆下，一切都在上演

這場戲在明天之前上演
這場戲在昨天之前開始擬稿
這場戲，今夕是何夕
這場戲是明日的前戲

景深過多，我們刪除兩道光
人物蕪雜，就拿掉幾位吧
專心推動今日的意志
無字的生動讓人更加入戲

上升的水電與油價
下降的煙塵繚繞在心頭
這位編劇仍在思想，以思想
頂住風霜，在人群中流浪

「前戲必須有一點點挑逗。」

偉大的導演會否看懂我的憂傷
男男女女是否演得出
迭起的高潮，當彼此退後凝望
對方的臉，再適時落下
一滴單獨的淚水，一滴
就算是為了這時代

當彼此相擁取暖，後天的戲

明天來寫，明天的戲我們今天演
多麼想拿起粉紅螢光筆
圈點最好的對白，我曾愛過你
我愛你，比愛自己多一點

前戲永遠在前
直到落後於時代

今晚就該在夢中截稿了
劇作家放下筆
演了一遍，又一遍
沒有人喊卡
前戲該如何編劇
沒人抬頭望
低頭是這世代最高期望

詞

我會保護妳
妳專心滑手機
過鑽石的斑馬線
上龍貓公車專用道

天真

在心旁，在手肘尖至大腿之間
在上弦月前方的金星
那樣的距離、感覺、觸感
顯現在你周遭的光影

你彷彿移動
又彷彿不動了
你失去了凡塵的意義
又回到你

真正的自己在面對你之時
我願意遺忘知識
遺忘名字的主人
是誰

是這個誰遇見天
遇見水，遇見地，遇見你

雲

棉花糖的鳳凰啊
祂為了成為自己，一輩子
都在追尋詩人的腳印

如果以銀河的眼光來看
我們只是一秒，或一秒半

如果，以忽遠忽近的濾鏡
眼色飄揚，短促的美麗
去看，我們都是對方的碎片

傷琴

在更換琴弦的時候
我感覺到一些微小的冷暖
琴音曾經嘶啞，曾經嘹亮
每個人都有過期望

在旋緊琴柱的指尖
飄來食物的香
你說他雙手是魔幻的
我說他的心有另一種
不同於瑪格麗特的

憂鬱，是層層的山嵐
我們沉醉於尚未聽聞的顏色
左顧右盼，我們想撿拾寶石
風中曾有一隻鳳輕點頭
又悄悄地飛走

二〇一八年　十二月二日　20:22　寫於　左營

輯三

醉詩

我探測煙頭的溫度，在苦雨中
當噪音令視覺模糊，我熟知
海市和蜃樓，我錯過
唯一的綠洲

時間

妳微笑時，世界末日延後了
延後的期間未定
就如同你
微笑燦爛的弧度未定

在春天，白頭翁與綠繡眼
輕輕跳躍，在春天裡以翅羽
飛越一片虛擬的時間的海洋

時間的海，它的波浪不是水
卻柔情似水，柔情是你的海洋

世界末日延後了，因為妳笑了
我這樣幻想
當我看著妳的笑臉

「時間是世界的容顏。」

妳令我如此以為，妳是
哥白尼以來最重要的發現
地殼變動與熱巧克力
同等喜悅，讓人眷戀

當你不笑，落淚……
世界末日也於是提前

靈感　之二

我霎那明白他曾經常穿著的心情
在正裝與休閒服之外
在時光與花瓣之間
在季節的交錯
心情與路徑試圖彼此辨識

他那樣的抵住了思想之流
來自大山起源，還帶著冰碎片的
大河之水，飲下自己的一杯

她那樣的嬌美或傲慢

奸儈與青純吸吮
腐蝕著的心情
也曾有過某種比例的惡意或善良

我對你們啟動欲念的雷達
掃描偵測，我們相近而緊密
我明白了所謂的明白
你所心情過
我的某幾種心情

想像——給那在紅毛港看海的小孩

我一直在想像你的靈魂的形狀

但我不願意真的能描述
你的深處的
美麗是不是太過了……
我想欣賞你邪惡，我情願

或者那卻是你一生編織的絲綢
步上行旅，調度文意
讓你的性器緩緩
在凌亂的靈魂之光照耀下

我看見了你綻開

「世界是那道你性器之花投射的牆」

於是某些人透過你所指向的
忽而明白了，世界並非
這樣
或者那樣，世界是裂縫的

「那麼你的淺處呢？我私想……」

會不會就在我的近處，身後或
鏡子的照射之間，尋覓催眠的
空隙，植入懷疑與相信
所共同誕生的種籽

你是性感的辭意，那叛逆
微露骨幹與肌肉，你一出生
就被寄予的愛的感觸能力
如千手撫摸著的萬物

智慧是你一口慾望之泉
浪花與你相吻，在港邊
與你相吻的是你與我厚薄不一的唇瓣
貼離，又分合

「吻也有吻的生命，不是嗎……」

飛翔的雋永的蝴蝶停在地球儀上
我想像這畫面
你想像我胸口的山脈與森林

依然神秘如昔
如一萬一千年前，那般

在斷句前的吻
是我們在乎的語言
元素或喜愛的風景
一片落葉，一片汪洋，一片草原

我看見你在一片時間的海洋
之上，吹著風，霞光
雨露來過
就如同你來過般的來過

偶遇

在晨風中，在陽光裡我們偶遇
尚未知曉的秘密
在此處破解
巧遇一場雨，偶遇是恰當的溼氣
地理，書寫著命運的字跡

在晨風中，我們沒想過玻璃將碎
木椿可能鬆脫了
像帆布上的蟲蛀
偶然的鳥擊
毀滅了一丁點幸福與可能

而未曾預知的船難
終將發生
於海上，在
你胸口的內海
梅杜莎之筏凝結在畫框之中
罪惡與懊悔尚未遭遇彼此

卻已然孰悉彼此的面容
對方的溫度，輪廓，及淚流
那些抽象與形狀的相遇

在毀滅之前我們偶遇了對方
像無數個季節裡的小冬天
小秋天，小夏天，小春天……

二〇一八年　三月二十三　22:47　寫於北京

路過

再無有花香的時令
於草間
露水紛紛返回於天際

於你我
詩句遂與謊言對奕

二〇〇八年 十一月三十日

醉詩

彷彿醉漢敲碎了空瓶，我以殘酒飼養
這內心的篝火，每一夜的燃燒及燃燒
我投誠於太陽，永恆的太陽
將薄暮吞噬，我日漸稀薄的身影

飢渴並且恐懼，我聽見自己的聲音
我害怕無法寫下真實而有力的詩句
與陌生的處女交歡，在半醉而漆黑的
電影院，於子夜，我學會拋棄的意義

我撕破愛情的面紗，乾杯，我飲盡

慾望和巨大的悲傷，驚喜於黑暗中潛藏
偶而，我也賣身，像落魄藝術家的流浪

深入未知的秘密，大膽而公開的追求
幻夢，崇愛浪子與娼妓，我終於了解！
並無多麼不同的遠方，在憂鬱的城堡
落成的時刻，我進入，且有長居念頭

無名的不安將片段的生命折磨，鄉愁
賜我枷鎖，我吞下唯一的鎖鑰
倘若沒有麻木，也將沒有選擇
清醒的餘地，我穿梭於可笑而高貴的
人群，像必死的空軍衝入藍色的層雲
我眷戀那些美麗花朵的終將枯萎死去

於眾人皆睡的晨間，我哭泣，像墮落
的孤兒，無法控制悲慘的人生，卑鄙
大舉入侵，凌虐荒原踩過勇猛的馬蹄
踐踏我身上，並擠出鮮血，在臨死之前
忠誠之犬一般的雙眼，我渴望看見

最後的罌粟海浪，並投身其中
星辰的芳香，也許將指出那可能的路
我也曾純潔，如襁褓中的嬰兒，但我
此刻只想焚身，在虛偽與虛偽構成的戲台
博君一哭，或一笑，我將彎腰直到
聽見掌聲衰老，享用不受觀眾青睞的凶暴

百樂門

可能在門後
在門外
在門上
這門沒有縫隙
這群人沒有
喜怒哀樂多餘的顏色或香氣

註：那晚站立於靜安寺旁百樂門舞廳正門的斜對角，我幻想起白先勇老師思海歲月中的風華。

可惜我是水瓶座

水銀瀉地，是誰摔破我
生命，淚鹹過玫瑰色血液
是你不懂珍惜這玻璃瓶

「誰明白玻璃？誰陪我去柏林」

圍牆邊看著美麗與狂亂的塗鴉
滑板上的巨蟹少年經過了
他終將老去，而我依然愛著

愛著，愛情，愛著自由

激情演出的床戲
將禮服與白紗折疊起來
看眼淚倒流，流回我身體

天蠍與金牛的身軀與魂魄
像影展上的光與霧，賜我安睡

新旋律，給我半支菸
或一杯冷水，沙漠裡
還有熾烈陽光
殘留的情緒，我的情人啊

我的戀侶，我和我自己
終於能相遇，可惜……

可惜我是水瓶座
你離開了沙發

我朝向前方，我奔馳過
遠方，天際，還有群星
我還有一杯長島冰茶的眼淚
可流，還有七次海浪的淚花

我的心，仍有一道最初的門
與窗，窗外仍有雲的風景
可惜我曾經不是水瓶與玻璃

在我的天空有座頭鯨游過
牠懂我，在我甜蜜的淚水中游

在我腹中安睡，我將被喚醒
或喚醒沈睡的野獸，和飛鳥
牠們將帶我走近更新的愛情

二〇一八年　十一月一日　寫於　初門 RAWDOOR

明明　給Christine

兩個太陽，兩個月亮
明明，是一天
每一次都晨起
看鏡子，就望見了你

望見了你就看見了我
自己像兩個人
誰在躲，迷藏我
你與你，我戴上眼鏡

你忘了隱形，二月二

日的愛情，十月十號
七月七，十一月十一
十三日與十三月不對

鏡子裡工整，很忠誠
鏡子外世界，不任性
不公平，你拿下眼鏡

我開始隱形，根號開
不了你，平平仄仄平
仄仄，仄平平，絕的
是律師⋯官司不成立

月只生一次，日日
無子嗣，一個虧一個

固執，近的這一片
可以拿下來，你請把
它覆蓋，籠罩著，身體

拿你誠實的一面照月亮
的水涼，我是純淨的
一個意象，月亮，太陽

早起了，別太晚睡……你
閉上眼睛，抱緊我更誠實
那一面然後再念，一遍
兩個，這一夜明明，兩個

十四行的她

她吐出煙霧，雲
變成了石頭
她一說話，海水變黃
似乾漠
事物龜裂了，如瓷器的開片
像玉碎的完美
她成就著詞語與流言
那些晶亮的謊
生出了毛髮
因經過豢養
而更加囂張

她蜕下了皮，拆開肋骨
是無法形容的年輕
像一陣剛從雲中逃出的雨

苦雨

我有過難堪的等候，在苦雨中
遍尋著痛楚的經驗，我了解
事物的性質，在於腐蝕或被腐蝕

我探測煙頭的溫度，在苦雨中
當噪音令視覺模糊，我熟知
海市和蜃樓，我錯過
唯一的綠洲

我曾在人海中渴死，在苦雨中
城市裡鹽分過高，我想要

漸漸地退潮，如懂得謙虛的海浪

我存放

感覺於深淵，在苦雨中

也嚮往太陽的光芒，我不能

讓心被淋濕，我正在難堪的等候

二〇〇四年 十二月十二日

給戀人

戀人啊，我不畏懼妳的瘋狂，而預感
兩人的瘋狂終將帶來毀滅

他們的疆域，凡人不能輕易靠近
眾神不原諒雙倍鹽分的笑聲及眼淚

這偷渡而來的旨意已將東方的雲
鑲上碎鑽，樹上的藍紋鳥倒數時間
鴞默算妳的眉毛，並投遞死神的書信

千艘戰船發動攻擊，矛與盾交替

那面具之下的面具，像葡萄的血
與妝容，映在水面，倒影背後的倒影
莫測的敵意如琥珀，偽裝成
蜂蜜的愛意
誘拐貪歡的戀人暢飲
而暴力的翅翼不得不靜靜收斂
歛起身軀
如遁入夢鄉的沉睡嬰孩

二〇一七年　十二月五日

轉生——給盧凱彤

我們改用藏文
我們改用希伯來文
我們改用法文
俄羅斯文

我們改變文化血液的
顏色與溫度
我們轉世了嗎？

像一個胚胎的預感
受到滋養與撫育

新的世界推走了舊的

順著文字的筆畫攀爬
尋花香，緩和的進入
各種記憶中
走過雋永與荒蕪
在黑暗中起舞的女吉他手

握住文藝復興畫家的手
留住中文歌曲的音樂性
看著好萊塢式電影
看著李白欣賞過的月

如魚

我曾披上鱗片的春光
在人群中穿越如魚
在美或者恐怖的水草棲息

並佯裝呼吸，姿態如一首小令
似有所思索，彷彿波瀾曾經起興

於江湖，卻不曾相忘
不曾歡快如水紋或奔放似馬
在山城之顛，將一身鱗片卸下

且馭風於海深之處
至最初之初溯游　如最末的
泣訴　彷彿江邊霸王的痛楚

若逆潮而上是逆天之路
卻始終不能相忘你我
曾經，如魚

二〇〇六年　十一月三日

長島冰茶　2018

前航，放緩，前航
在慾望的醉舟前
我們不停止接受任何感覺

水晶的水餃，豬肉與高麗菜的
宮殿，沙漠中的綠洲
夾頁裡的蝶屍，又是美麗

美麗，這個形容詞夠嗎
優秀，典雅，完美
這些字，真的夠用嗎？

在長島的外灘
我看見長浪與短浪
在冰茶的杯緣
我看見信天翁與晚霞

是秋天的星座嗎
是緣分或夢想嗎
我們在夢中擁有改變的力量

也想要不顯山，不露水的
也不再沈溺於那個癮
這便是我們的相遇

輯四

貓的現象學

你諧音了愛情，諧音了秘密
你重新定義了一些字眼和語句
寫下無字天書，在植物與腳步之間

咪咪是屬於愛的，秘密是屬於你我的
名字是屬於時間的，時間終歸於你

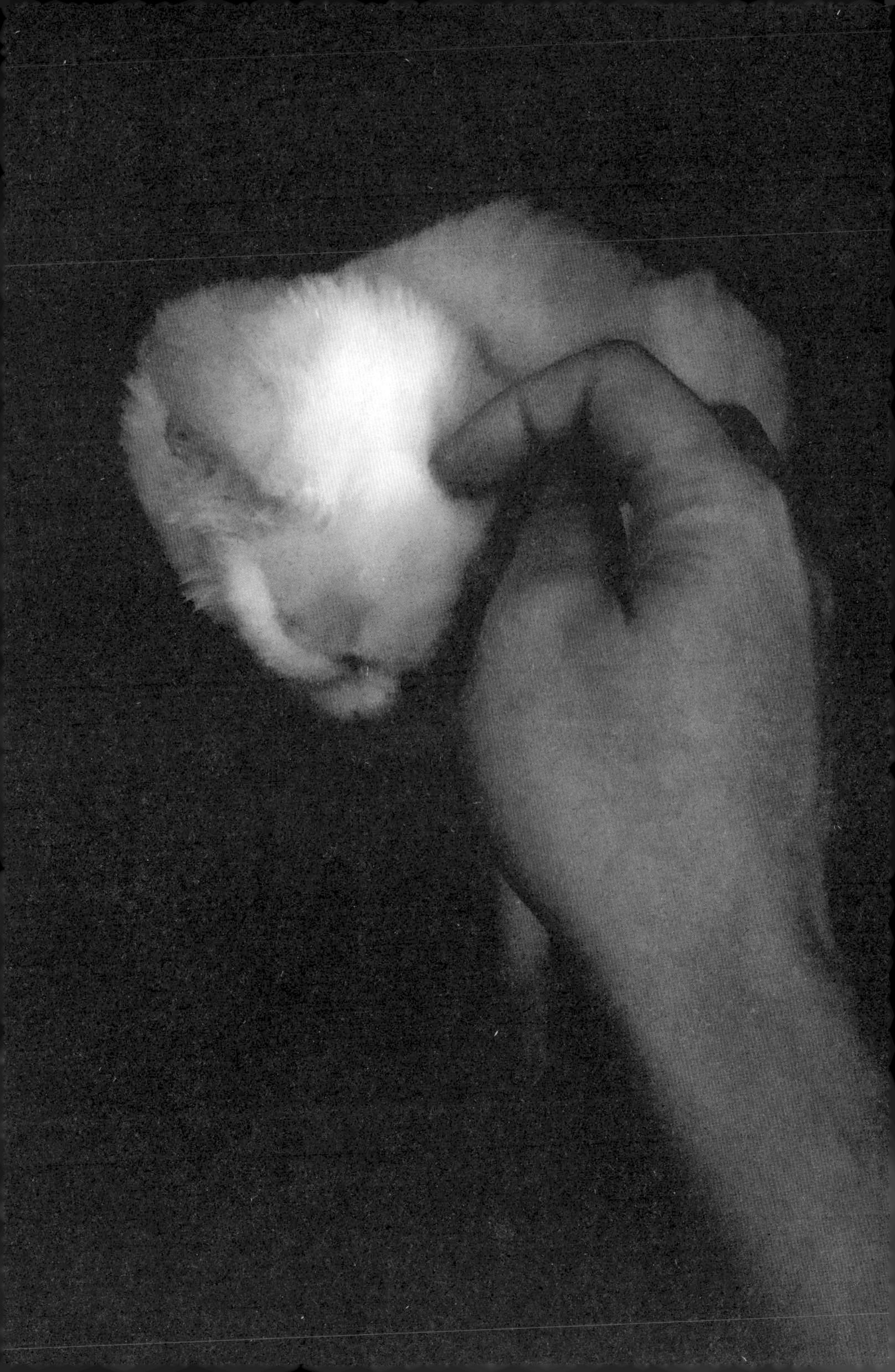

交換

那逝去的風景我願以十次月蝕交換
屬於酒與水以及雨的眼淚
　空蕩的杯子裝滿了無限
可能與不可能

像一本夾著蝶屍的莊子
不可兼得，遺忘的輕易
也無任何不可

心碎的吉他彈奏著孤獨的人
而孤獨的人

彈奏了他自己

我拾起的你的丟棄的玩具
你又將以何者交換
我願以抹去了自己的風景交換你
卻因使用了殘缺的硬幣而被拒絕

二〇〇六年　十二月五日

金星——致 Tina

我看見金星，我一直都看金星。
月亮即使
就在身邊，但我永遠
是先望著金星的，就像那是你

就像你
便是金星，我須這般如此望你
忘了去望著你，望著你
以至於望了你，以最少
字數的詩句，最少海水的浪花
這般那樣的凝望你

本質上，我認識你又不認識妳
因為望著你就容易
忘記你

你是金星，你會注意到
我從不提到
另一顆
更明亮，姓氏流傳更廣的

本因你是，本來你是
你是那原本的你
你是那不安的你
無法滿溢的海水

在無力留白的時光中
一顆看不見自己的星體
因為我看著你，望著你

彷彿不凝視你那樣的凝視著你
你的焦躁與傷痛，你不常提起的
性慾和矛盾質地，比你更了解你自己的
那樣的思想你，以這個
了解那不容易了解你的我

穿透你，穿上你，穿越你
但我卻無法導引蘇州之水
像春季裡的禮籃
栽滿了喜悅的心意

我望著你，在詩的起點
或在感情的終點
我忘了
我曾一再的望著你

二〇一七年　四月二日

貓的現象學

章節註明得不甚清晰，這解釋翻譯
需事先轉口俄羅斯海參崴的藍貓
港，不是紫丁，不是香的
那個港，還要繞
繞過直布羅陀、麻六甲，巴拿馬
也繞就是了，別管巴伐利亞
高原，省過雅魯藏布江，
飛躍安地斯山
飛躍蘇格蘭
但不可耽擱在阿拉斯加
機場，因為天使牠是一直小小的不大

會有點怕暈，也有點怕冷

於是就不太冷的灣區和漁港，不必去羅馬
接著提早離開
太慵懶的地中海希臘
食物裡謹記少鹽
碗中注清水，不必
四物湯，別驚動牠
也不能過度溺愛著尾巴
與爪爪，呼嚕嚕的時候，酣眠時別大聲
叫喚愛乾淨的牠，八倍於人類的聽覺
玲瓏的半規管內叮噹夢見自己眼耳鼻舌身意

何時這世界那些最珍貴的字，與造句

才會用牠來編織歌詠一首千載的「將進貓」
且慎重的對戀人或仇人道出一句，又一句
「我貓你」。像「春江花月貓」諸如此類的
天不貓，情難貓，心似金絲貓，中有千千貓
有鐵錨青花水晶般古貓，漢朝、魏晉六朝或樂府貓
唐三貓、宋貓、元貓與明清以降之傳奇小貓咪

立體或達達，該如何修飾
未來一團米克斯，牠沒想任性
不任君差遣，能夠即沖即飲忽隱忽貓
那前後捲起的千堆毛，這不泣鬼神
也不驚風雨的陸上鷗鳥，牠是喜歡跑
跑跑，屋簷沙發上詠春的
太極又瑜珈了十四招，十四行

再乘以十四倍，多少是介於玫瑰
魚與蝴蝶之間的那種

地毯是阿比西尼亞、波斯
或暹羅來的天工與錦繡
牠正在唯美沉思著，睡得巴洛克
經緯穿梭過空與色，縱使世界已輕輕的貓了

醞釀　致Summer

在旋轉木馬的光影間
我接過妳
遞來的玻璃茶杯
那熟成的時間離妳
還遠，還遠著一點點……

一滴滴茶水是妳的教養
品質超越了時間
一杯水，一杯茶的前世

今生，我飲過妳青春的手
傾倒出的夢想，似優雅咖啡店
獅子座的質地，美麗，小姑娘
未來的老闆娘，或新娘……

堅毅溫柔，細膩如綢緞的手
感情孵化了你的生命
是愛，是愛，是愛

母親的，父親，老師同學們的
情誼，最愛的極限
是妳畫出的圓

曲線、直線，你是
一個由愛創造的單字
足夠被大聲的朗誦
輕吟，念念不悔，不忘

如今日的雨，受雲錘鍊
越過海洋
輕輕地流過屋簷
如花綻放
落在世界的這一把傘上

二〇一八年　二月二十八日　寫於　JR House

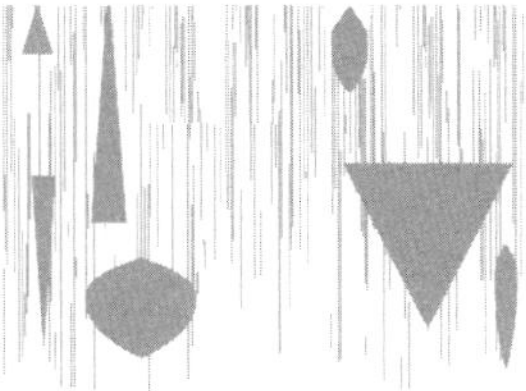

愛斯基摩之詩

好冷，好冷，好冷
但我無所謂
被冷包圍，風中的旗
有時立體派，從未有
藍色時期，在極地摸索著憂鬱
在雪地，冰天也有它的道理

在雪屋中，我感覺暖
千里如一步之遙，一步之外
萬里雪白，剛燒開的茶，霧
還留著，味道不酸，不壞

燒開的水是杯裡的熱帶
旋即變成亞熱帶，微涼的溫帶

你也曾如此渴望詩歌嗎？
在風雪如雷的此地，族人努力
不凝凍血液，也不奢望陽光下
海市蜃樓出一座圖書館

我見過雪寫的詩
它筆跡凌厲，入骨
七分，冷到更冷，直到不覺得冷

我也明白過暖的，小小的雪
是可愛而暖的春季，雪是朵野生的花

我聽過雪吟唱詩歌，我聽過她哭
他的淚如一片雪，一千片雪，一萬片
雪是善良的，他自在於寒冷，自外於悲歡
我願做雪的夢，或它夢裡的火

二〇一八年　三月二日

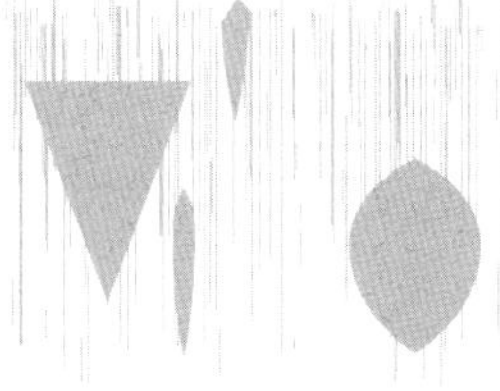

投河者

淒涼的身影撲碎，河中倒映
水之月，我坐在初冬的岸邊
抽煙，且聽見投河者掙扎
於冷靜的夜晚，雙手揮舞
撩動楊柳，那地獄的門簾

柔弱的身軀展示青春之衰死，濕淋的
衣角負荷早熟的心事，眉眼間的意志
被河水淹沒，直到這指尖的煙灰墜落
當我，以無姓名的

長竿，向無姓名的你探去
投河者，我該否將妳救起？或任由
污穢河水氾濫，圍觀群眾的城市
誰能借我清新的香煙與打火石？
當你雙唇的顫抖傾訴無聲，彷彿
一切未曾發生，當此刻四下無人

二〇〇四年　十二月六日

註：那一晚，我們正聊天吹風。有第一個人墜河（或跳河？），接著第二個人跳河，堤岸太高，攀緣困難。Simon、我與 Roy 從電線杆拆下競選旗幟的竹竿伸援，引上二人，幾秒後，他們幾位歡欣嘻笑走了。

豢養史芬克斯是一件危險的事

神又沉默了，他在等待我，如何回答這問題的我
像是貓般的史芬克斯
我取證明之前，往往
會先拉開拉鍊，一件件夢囈的西裝
嫵媚如宋代的眼妝，我細膩而慾望的唇齒
在我 Gucci 的旗袍下，在我女兒紅的基因裡
最小的花
也想張開的啊，給我新的命名與姿勢
皮革的手銬只會繫緊我，擁抱我，一點點弄痛我

證明我在一份職業，一分工資，幾份保單與帳單

信用卡上存在過，走路著，喝酒著，飲著
一份自我簽下的虛構合約
將靈魂賣給小魔鬼
也存在於預期未繳的停車費與買了
各種數據蒐集站的物質化了的碎裂的自我的足跡裡

我愛你，我不愛妳，我不愛妳不愛虛構的我
美顏的我，昨夜的淨液隔著塑膠化的玻璃瓶
進出我，染濕我最堅強的童真
但不很多，不很多，卻夠用的

永不破碎的每一個初夜
我愛你不愛花朵
更愛你的沒有可公開掘刨

的質地，那麼寫實，又帶點詼諧的愚鈍

我愛你送我義大利皮衣的語言
因我知道你會忘記
我不喜歡你送我鑽石的心意
到韓國出外景，到雪底
忍住做愛的心意
我喜歡你想要黏住我的感覺，很黏

「BABY，比鼻，老公，老婆」

寶貝，我當代的夫君
未來的新敵人
我忖度你那裏的尺寸與形狀

我忖度不出來，刻意讓重心搖晃了一下
我倒在床上，倒在青草上，倒在法拉利紅的天空中

把我們的宿過旅館門房數字都變成湯
豪氣地扭碎，摺疊，撕裂成新的數字
帥的字，覆蓋天地的參天大翼的美麗的字

這不就是嘛？豈非
如此的豢養珍珠白的史芬克斯
我如何能懂愛，懂得背叛，焦慮與戰慄
豢養我的史芬克斯，導演般的史柯西斯
畢卡索般的舞台美術指導，最好的爵士樂手醉倒了
最美的男女只能微醺

因為我知道你會忘記我不喜歡你送我鑽石的心意
到俄羅斯談論愛情，到火山口
愛我，以岩漿噴濺我
到森林小徑無法借景的那個樹洞
等待，看見愛，等待下一次沙漏醒來

二〇一七年　三月八日

雨

——我的心是六月的情，瀝瀝下著細雨

來了，觸碰物質、元素、建築
來了，擊打屋簷、風景、有機物
你來了，讓我的耳膜
鼓動如點滴，點滴，點點點點
滴滴滴滴，無限地落

從雲中落，從透明的天空
從那雙盛滿了水的手的縫隙
之中，你不分別的落

你落在傘上，落在我的肩上
若我也是你
我要落在你的心上
髮上，在你的唇上

平靜的，不平靜的
粗暴的，或是細膩的
你接觸，你流動，你進入

你濕透了我，就彷彿未經許可的
夢中的請求，你來了

你走了，你停泊過
你停泊在時間與空間
靠岸，離開路人
你對鴿子說再見
你對葉子吻別
我想像你的身姿，聽著你
觀看著你，我想像你
而你便是你的名字

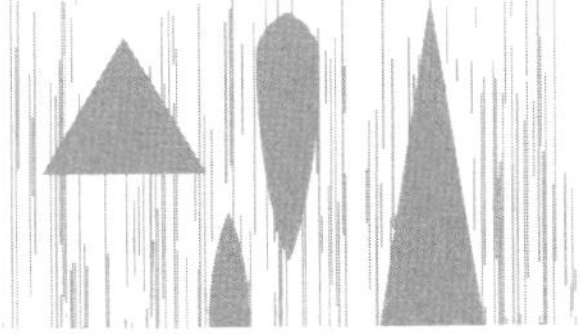

平行宇宙

桐花落，我看見時光啟動
如果這宇宙是平行時空
你看見我，我偷窺無垠的時空
碎裂，收斂，情緒穩當
更猶如夢，浮世繪般情景
刻劃莫名的轟動

而風景正移動，但不是因為風
當你正旋轉、夢遊，不只是因為風
我仰首引頸，期盼更多的虛構之雪

真實之腳步，預言的鐘聲，便敲響雲間的鐵器
瓷器、玉器或銅器
與更多無以名狀的什麼，是動物之命
或植物之血，若一隻無心的甲蟲
吻別蝴蝶後的玫瑰之眼

但盡是幻覺，無限的白染色無限
但盡是錯覺，除非以蕾絲的撫摸
彷彿夏秋的溫馨，穿越刻骨的言語
眼前全都是小雷電、小恩寵、小春風
我亦覺無盡的纏綿與新鮮，臣服於

你無限的奉獻

桐花落，落進一隻透明的手，再繼續落
落進千手千眼構築的畫境
淡熱茶、香腮旁有髮鬢，有雨
露，有雪，雪後仍是雪
桐花開落，開落於
你我平行宇宙後交錯

札記

出獄後，已旬日
十月的天空認出我
因我的咳嗽聲音
被聽見了，新知識似噴泉
浸潤時代虛弱的肺葉

牛奶的甜，木瓜纏綿
微血管末梢如裂帛
再不止住的咳，透明的血
多咳幾次就能與舊人相見

相見爭如不見
不見的朝代更迭了
不見的氣息

再止不住的咳
在葬孩的新聞紙上
於舐血的父母親唇邊

新神遞來了隱喻的藥箋
我翻向背面，再翻向
背面，無人看見我的看見

咪咪

在輕盈的歲月中走來
在白色的時光中輕輕地
現身，跳躍，抬頭
又輕輕地叫了一聲

我不知道如何稱呼你
你是難以命名也難以定義的
貓咪，你是貓，豢養了我

眾多季節裡，我撫摸你毛皮
你的體溫，我嗅聞你細緻的味道

在眾多動物中，貓科是唯一

咪咪，如此簡單溫柔的名字
跟隨你輕盈的腳步，跟隨你臥在各處

你看見鴿子，你是否羨慕？
你看見狗兒，你是否畏懼牠們
這世界上的多數對你而言
都是龐然大物，但你是安心的

在輕盈的歲月中走來
臥在沙發一旁，或在地毯一側

你輕靈地跳躍過，體內發出聲音
你是貪玩貪睡的，你是
屋裡的天使，你是一隻貓咪

你諧音了愛情，諧音了秘密
你重新定義了一些字眼和語句
寫下無字天書，在植物與腳步之間

咪咪是屬於愛的，秘密是屬於你我的
名字是屬於時間的，時間終歸於你

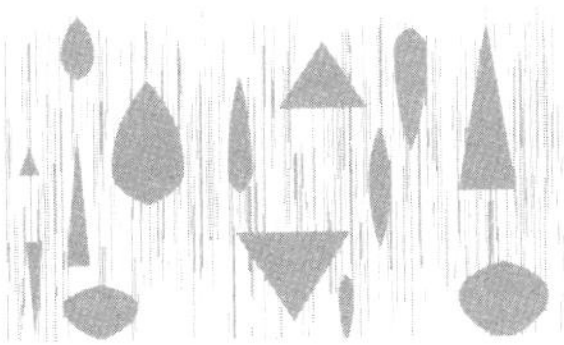

外勞

離開這個大陸那個半島
這顆心，這身靈魂，這一句
鐵黑色瘦金體
傑克・梅蒂的軀殼

撐起雨傘，穿過人海
步行在痀僂的人際網路
撐起你拐杖般的身體
前進，一步一秋天

暢飲母國的啤酒，移動杯盞

抓起零食，往深淵而飢渴的口中遞送，飽食異國的情調
在週末，飽餐微弱的寂寞

唱著快被遺忘的童謠
想起了家鄉的流水
吟誦母校的校歌
歌詞讓人爽快於悲歡的離合

外地的勞工，外地的公車
外地的雲霧，外地的血汗
外地的季節，外地的愛人
外地的公用電話以及匯款

這一句又一句鐵黑色瘦金體

傑克・梅蒂的血肉之軀
是一粒粒情感貨幣
投入時空電話亭的間隙

直到另一頭的話聲響起
回應曾經的母語
回答了一陣熱烈的空虛
回答著微醺的在這個半島
那個大陸的我與你

疆域是用來遺失的
遺失自己，遺失記憶
遺失了我，我的你

令狐沖

吹奏長笛的我堅拒
死亡詩班的指揮
當人類分裂成無數個
孤立的部落

但過每千年，部落融合
不再有犧牲，或不再有神

這三尺劍珵亮
一條江，一壺酒

都無法阻止我愛誰

那場鬥劍潑墨之後不留痕跡

詞窮

我會埋怨妳
妳無心的回應
在激情的白絲床
七成力氣出演戲劇

註：這來自 Vincent 的應和啟發。

教皇

「愛情太短，遺忘太長」——Pablo Neruda

在虛無主義的地球上
眺望銀河的另一岸
在河彼岸回首詩歌的滄桑

我手握臣子們的奏章與后妃
姑娘們的美學與思想，侍衛與寵兒不在，你為我喚來宮廷畫家
要比皇帝更風流瀟灑的離去

回到傾斜之書的一點
在光照如黑色金磚的紙冊
誰都無權干涉

這教皇哼歌，寫詩，平靜
而瘋狂的愛著這世界
擁戴，在遺忘的孤傲的光年裡

二〇一八年　十二月三日　寫於　台北信義區（這重要的一夜）

輯五

二號初雪

我見過你一面，綻放百年的
一面，一馬尾如短鞭，或
一倩笑，如小小的雲，一個
生命的逗點，一部史詩的起點

二號初雪

在貝聿銘親手栽種的野生花
造型酒杯旁，不古不今的
戀歌聲，吟唱，第二場雪來了

在那一夜後，期待另一個夜
這天地專屬你，像我們浪漫
巴洛克絨面鑲嵌碎鑽大包廂

在初雪那一秒，有光
在酒池肉林客棧旁
法航的班機肌膚上

有人偷偷寫上雨果的詩行

那是個信仰了詩王之愛的女孩
我們喝下綠綠藍藍的苦艾酒
你是令我心狂野溫柔的她

妳在我肩上凝望，我的眼
與另一隻，月亮玉色的眼
妳說妳已在我唇間復刻了
塞納河版本的香奈兒深藍

「也不怕你走。我喜歡你來。」

中味是藻蘚琥珀野鳶花

後味彷彿吻了睡著了的妳
也許，我倆歇息後就該啟程
開往海明威的青春巴黎，韓波卻說他最討厭黎明，降臨……

在不經心，又經心的鐘樓廣場邊
我喜歡在首都為妳吟，為妳釀
一闕珠玉的茶，一首心口紅

「妳說妳喜歡，我喜歡你喜歡」

第一場雪遺忘過我的悲傷
二號初雪是眾人的夢，不屬於
任何印象，野獸，或愛情
流派，我知道那些都無傷於妳

妳是那我願走上玻璃天梯的妳
這是原罪與懲罰無法攔阻的人
走上，一步，一步步，我抬起
鮮血淋漓的左足右履，上天梯

見到妳，或者不見妳，似火光
睜開眼，又閉上眼睛，愛了又
不愛妳，在第二號初雪的房裡
我與妳，這雪與雪之間的關係

二〇一八年　十一月十五日　05:18

祭酒

罌粟之鷹釋放神采
在牠極翔而過大地上
植物曾被牠的陰影撩動

時間醞釀著我
就在顏色的邊境
在十年前的十月十六
那唯一的，最後的夜晚

妳降生
如一冊夾著雨雲的書

春草般雙眼於是望見妳

漸行漸遠漸無書

逐漸凝束的花與夢，那是

妳，善女子的剛柔與緩緩

二〇一八年　十一月二十三日　01:38　寫於　Regent Taipei

摩羯座男孩

摩羯座男孩寫下自己的和弦
一首，又一首
他建築自己的城堡與音符
積木與哀樂，我看見他赤子之心

燃燒，復又平靜
如靜靜的河
川流，平靜，推倒僵化的建築
那爆烈的大川，我問你

「是否見過他天使般的孩子？」

那幻作人類的孩子，原是天使
你若不能見，你是否還見著自己
天真如昔，詩人之魂？
畫家之心，音樂家般的純然……

摩羯座男孩為愛降生
他吞食愛，咀嚼，他調製愛情
釀的酒，他的生命充滿隱喻

我見過他吻著愛人

我們都能見證一個個吻
吻，便是小奇蹟

小奇蹟，被春風吹過
今秋葉鑲金，交響了季節
與草原的風，他避開複雜的人心

他偶爾叛逆或任性，他愛笑
他是一首讓人感動的歌

摩羯座男孩為愛降生，不倦
不老，不迷失，不停止

二〇一八年　六月二日

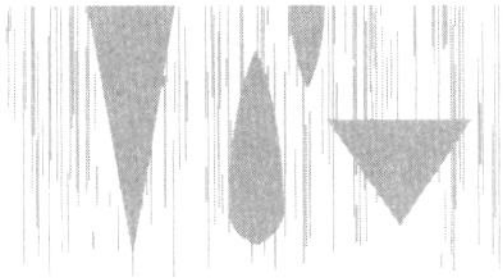

射手

「愛情是我們自己的事。」——佚名

在我的 Gucci 皮衣底下
還有一把克拉克手槍
與他兄弟般的九發子彈

射穿了什麼
又射不穿，愛上了誰
而感到困難
心事重重的感覺……

背後是任性的自由
左手邊的棒球場草地
板凳上是空的，除了
幾滴無人認領的雨水

前面是你，我前方是你
我的初速過於激烈嗎
如果是，我願意降低自己

我願意再多一千轉，如果
是為了你，射手沒有自己的
心，他把心
收回來，又開了一槍

二〇一八年　十一月二十七日　00:38

勞力士

父親的勞力士腕錶
躺在書桌左邊的抽屜
時間讓我們去忘
時間讓我們去想

失去存在的意義的村落
是你嘀噠的心
村落的炊煙
喬木，泡沫的天空

中間一直有風在試圖

攔阻時間，譬如午後
站立在清晨之後

在山嵐尚未被發現之時
在大雨尚未出發之前

父親的勞力士
現在已經是我的了
我的勞力士
一百年後會是誰的

是誰的，哪一位朋友
不知名的遠方的
父親手腕上戴著的勞力士

校花

高跟鞋踏過午夜誘惑的街
會是多久之後的事
在綻放的花房之外
或者，在誰的心房之內

綠草綠，紅花紅
秋夜微涼，雪不染塵

在誰的心房之外
在每一座校園
於捷運系統的血管

香氣翩然，翩然的一陣陣

在你筆跡的間架上
停靠幻想的機翼
流蘇或蕾絲的

爛泥中，空氣依舊透明
無霾害，無所謂
無邊無際的啟動了
邱比特之箭，早已
離弓弦而去，似不知歸返的

雨，是一句不聽勸的閃電

「學生群中的一則則留言，
埋於時間籠罩的花園。」

也在日記本裡
藏於胸中的山水
葬在紀念冊裡，也在昨天
也在今天，也在明天

我見過你一面，綻放百年的
一面，一馬尾如短鞭，或
一倩笑，如小小的雲，一個
生命的逗點，一部史詩的起點

小說

我們照規矩來，一小時內１３４人跑五百障礙，到第四輪我跑完，全副武裝，鐘響了，編號１２３楊宗達跑過來，一口點了兩支Boss，像吐納霧白的彩虹，讓胸口不悶些，三分鐘接近了佛。

分號

在羊肉湯的季節走來
時間裱框了我與你
緩慢移近的知識
是緩慢的

以思想的刀刃我們切開風
打薄雲，混合語言的顏色
是苦難的人生，或悲欣交集如雲，蠟燭之線懸絲著偶的你
也如雲

——給 石光生 教授

詩人

我假裝
改變世界的藝術
並不在我手上

我所認識的作家們
一個個接近死亡，或已
完成死亡的儀式，而進入
歷史的某一區記憶體

時間停滯在梧桐樹葉上
時間，時間流動在小葉欖仁
與榕樹之間，我也在那之間
「你在哪呢？你在哪裡之間？」

我穿越命運的樓梯間
像個下樓梯的裸女

在無轉圜的章節
前進，步步往下，像沉入
鸚鵡螺內部宇宙的縫隙

我們會否遇見引領我們的
古詩人、天使或聖女
會不會，會不會就錯失了

唯一的落葉歸於何處
何處是落花與我們的根？
你也學會了假裝，改變
世界的藝術，並不在你心上

拈花之後，給我一個表情吧……
當我明白了你的真誠，你的遺忘

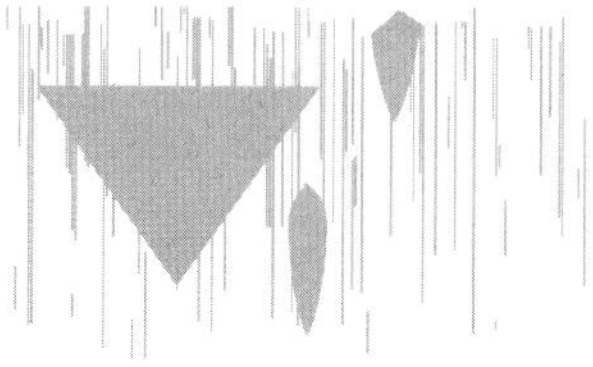

夜晚

初入你心門
我感到一陣醉意
湧上來的浪花與飛葉
紫光，在子宮收縮時綻放

飛揚，交織最初的相遇
與夢想相遇，與你相遇
與自己相遇，在這酒塚裡

我穿過透明的玻璃棺材
只為了見你一面

索取你
一個吻，不深不淺
不長不短的

那種細膩又充滿百分之
六十七的酒意

「我寧願傾心愛上……」

你，在條碼與演算法之間
依然因為瓊漿而古典
而對位著，建築物的紋理
比例黃金，斟酌著生命的情緒

危險，溫柔，刺激，誘惑
這不是櫻花該有的命運

不是，不是的
我只夢過你兩次
擦肩過你紅髮的肩頸

命運，這個充滿詭異的詞
莫言不語，事物都在
面具底下，都在那裡啊……

初入你的門，一道門
一百道門，像是一萬道門般

有一點點不安，一點焦躁
一點期待，一些些多餘的情緒
初入你的門，便是那樣了
最末的，最初，最初的

二〇一八年　十月二十四日

原諒

孩子的哭聲止息了嗎
孩子的飢餓或憤懣
止息了嗎？

我們走過遊民的雷區
沒有眼淚，我們施展召喚
時間之鷹的才能，沒有淚
沒有不該觸碰的雷電

我們緩緩的走過屋簷下
走過摩天巨樓
穿過他的陰影，以及雲的
陰影，我們在廣場上

在莫名的廣場上感到顫慄
在騎樓的轉角柱子旁
看見龜裂的城市如陳舊的詩集

孩子的哭聲止息了嗎
他再次為了自己而哭
他再一次誕生，死去
誕生，每一次哭泣都讓他

更活過來一些，更活著一點
天使們寧願他哭
或理解了真正的哭

寫成歌，建築出一幢建築
熬成時光的虎斑的詩句

寄給過去，寄給此刻的
自己，他的哭聲響亮了世界
直到我們離去，離得遠遠
遠遠地懷念著他哭的音頻
竟如此光明，如此美麗

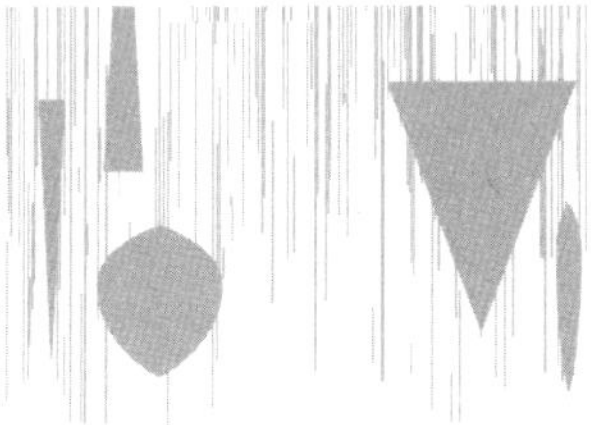

七朵

為了那七朵花
他們後來發明了一套密碼
像是鎖在珠寶盒般的神龕
必須以機緣回答，回答以歌
一般的觸感，亂舞甩髮

歌一般的七朵花，天堂鳥
與白牡丹，在清水的芙蓉旁
切分音，土耳其藍般的說話
爵士，嘻哈，如潮流中的飛雪

秋夜裡滿身如湯的熱汗
搖滾過青春之神
甜過心，害過病的七朵花

石竹，龍膽花和康乃馨
該將誰烙印在你的心……

在你的床，在你的夢境，在一生
一世也數不盡的節奏與香意

香意裡，深情款款的咒罵著
心愛植物園裡的動物
在綠與綠，在草原的天堂裡
顧盼，修煉愛情的悲歡

那七朵花的名字⋯
在氧氣充足的睡眠裡
甦醒，在濁氣淋漓的
塵世裡綻放

二〇一八年　十月九日　於麒麟閣後星光大道的巷弄

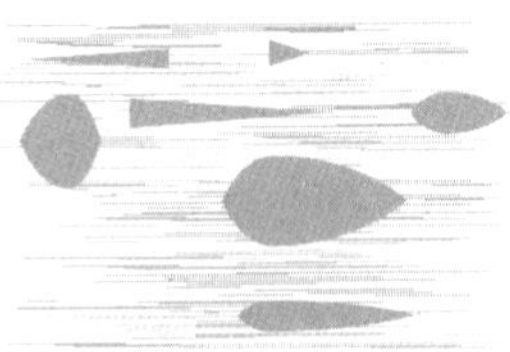

臉龐——讀列維納斯

我見過一張有著千種面孔的臉，也曾見過一張戴著面具且單一的臉。

我見過一張透過其光彩的表面能看穿下面的醜陋的臉，也曾見過一張我不得不仰望才能發現其光彩的、美麗絕倫的臉。

我見過一張空洞無物的老臉，也見過內容豐富的光潔的臉。

我知道各種臉，因為我透過自己的視野，看見了潛在的真實。

註：在賴俊雄教授的成大外文碩博班課堂，我遇見好多厲害的人。

修羅——致洛夫

芒草雜亂，攙扶我
滿身傷害的
軀體

在溫柔鄉，在夜上海
千杯愛酒，杯盞交錯
錯過你，錯過他，錯過我
多願不再為愛奔波

你心中的修羅甦醒了
成為新的詩，新的魔

複製剪下貼上你的愛
你的憤怒之火，那痛是美麗

沒有人想陪一位修羅在沙灘的
白樺木的長長久久的木地板上
散散心，不必擔心，任何事……

二〇一八年　十一月十五日　23:27　初門吧檯旁

【附錄二】

泰山與大谷翔平

春訓到底什麼時候開始呢？

也許是，昨晚……在善導寺站二號出口外，有張鐵製公園座椅。在銀色座椅上徒留兩字，「里長」。你坐下的時候，沒看見，但起身時候卻看到了。

搭配今年韓國女生最喜歡的風格，一整個就可以超韓的，然後我的外套是米色大衣外套，如果你想要跟隨韓國的流行趨勢。之外，我這一次搭配的鞋子是愛迪達老爸鞋，這次要分享的是韓國秋冬最流行的三種穿搭，黑色的裙子與長統襪，還有背心，其實就我所知，我們去遊樂園的時候，就很好用，有個韓國美眉，就在新村那邊，我去不了的新村，你再也去不了的新村。她拍的照片就超美的。而各位水水們，如果妳的男友不是很會幫你拍照的話，妳可以買一支A9，因為它可以幫你做景深，讓妳看看Before與After，我來修一張我最胖的照片好了，前段鏡頭可以玩曝光，我會調高，不炫光，滿炫的，這上面有人像，大眼，瘦臉，快門，但是你不會用到相機的每一種功能，我覺得這樣還好，因為我有稍微遮一下我的臉，色調、特色、儲存它，我選中段好了，有柔焦，臉其實看起來有變小，也沒那麼憔悴。（這樣會不會太柔？）

花草、動物、人像、就是全自動給它開下去，這樣子拍好了。因為這裡是公園。網美其實不能一直拍自己，也要拍點花草，空景，這樣才會有空靈的感覺，那我們就在 Instagram 見囉，妳可以訂閱，也可以留言，妳要留言給米璐，不要留言給阿炎。掰。

我最大的遺憾，是你的遺憾與他有關。

注意聽莎在講話，有時候聽不清楚她在講什麼，但是就是很好玩，一個小孩的誕生，就會改變那個環境的音調與各種參數，然後又改寫你後面的風景，經常也聽不太懂悠希在說的每一句，手攤開，要想一下，但悠希在日文意思中帶點春天，隱隱的希望，你會想要把你一身功夫傳給她，你們要她不要對世界灰心，跌倒沒關係，這時候她還不會懂，說真的，你自己也沒有把握，說不定那不適合她，也許她會嫌煩，不想學，又不想太逼她，因為你愛她，無條件。

且愛且走，我其實在等你。要是我們又錯過，回頭？該不該。

打破了第四面牆，說不定還有第五面牆，第七面，第八面，九龍雲集。你的眼神洩漏幾道光，在你和我之間，還有一個她，你總是若無其事地說再見，相依，香味，你說遺憾，只是愛的附件，失眠的落葉，是生命的若無其事。

在那張若無其事的長椅上，有些人帶著後悔坐下來，吹風休息，希爾頓飯店，看到小牛與野馬，望見了黑絲襪與高跟鞋，看見厭倦，看見明天來臨前的大大的月，月亮左下角，還有一點盈虧，枯榮轉換，未臨之春，未竟之冬。

曖昧也有始有終，有人帶著疲倦坐下來，終於不再故作堅強，公交車前程似錦，他會回到車廠洗澡，睡覺，作夢，換上新電影招貼，ＭＩＢ有內鬼，跨國之戰，二〇一九年的六月，雷神索爾原來是個冷面笑匠，他會穿上黑西裝，細版領帶，很可愛，很帥，尤其笑起來，他的笑彷彿沒那麼高大，有電，有點甜。

一路上，青春住了誰，你就曾是誰了。無不無奈，悲不悲哀，開不開心，我愛，是因為我存在，所有的過往會重新改寫，千金一刻，只為現在。有一天我們會不存在，但是沒關係，我們有張泰山，有大谷翔平，林憶蓮……

有李安，張嗣漢，有郭泓志、郭源治、郭泰源，有徐佳瑩，有莫文蔚，周興哲、有林俊傑、有張雨生、有王傑、劉德華、台積電、Air、Cold Play；愛情少尉，九百九十九朵玫瑰，壓軸是張惠妹。Iris，小城故事多，你看到了嗎？小春天，C城，我們要開始了，烏克蘭見。鬆手與成全，在清晨的入口。

二〇一八年　十二月二十二日　06:06

台北　杭州南路・忠孝西路

【附錄二】

山北東

山北東，在很遠的地方，而且那邊有火山，火山爆發，就會淹到我。

我可以閉上眼睛，但很難關上耳朵。今晨有一個小男孩提出了一個新詞，這個詞或許這陣子持續在他腦海翻滾著，隨拿隨用。山北東對他而言是一個想像的，但，那也是真實的地方。他的奶奶其實也不太知道他在說什麼，奶奶帶他坐捷運，一進車廂，男孩就歡樂地說：「這裡有兩個位置耶。」於是他牽著奶奶的手，坐上綠色位置，跟奶奶說話。奶奶的右手腕處有琥珀色的藥水痕跡，估計是碘或紅藥水還沒褪去，男孩手指了她的手腕處：「奶奶，你這邊會痛嗎？妳的這邊是藍色的。」我看見奶奶的手腕處的外套袖口真是藍色的。奶奶一兩秒就回答他，你的這邊也是藍色的。我看不到奶奶左邊的小男孩的服裝，但他白淨的臉與清澈天真的聲響，應該就如奶奶話語中指涉的，青的，或藍的。如果我們在他的語句當中，加入了經緯度與冰雪，再加入北極熊和北極熊寶寶。那山北東，就會有月光，有冰火島，有漂流的碎冰，叮鈴作響，哆啦A夢的任意門一直在小孩子的心中，在他們的世界裡，語言這時候是可靠的，用來指認身邊人事物與距離，神秘的變動，體積與物質，類似抽象與現實的工具與聲納系統。這時候，他不會意識到太多，他的父親母親也需要想像力，想像兒子，他正在語言的海洋中優游。他知不知道目前地球大約有兩萬五千頭北極熊，已日漸稀有，不過百年，便可能絕種。

青青子衿，悠悠我心。

在昨天下午一場講座之前兩三個小時，在講座尾聲，正前方的他們正在分享討論電影、文學、審美的意義之前。早上十點半，正要走出車廂，我見到一位外籍的人士，他在第二節車廂，長髮及肩，中空裝，露出健美腹部，窄版短牛仔褲，姿態迷人，有著黝黑的皮膚及閃亮的眼神，像是聶風。

我提著紙袋與背包走上一樓，在走上樓梯之前，我看見站務員也看見了揹著包包走出來的他，我見站務員兩三次，他指引過我，他似乎在觀察這位裝扮中性的男子，我手提電腦與肩包，預感有事要發生。上了樓，他們在站務室旁的玻璃牆，憑欄交換語言，他費了小小的勁跟站務員解釋，我猜想他只是假期要來找朋友玩，說清楚，都會沒事的，我應該適時能做一個擋拆戰術，故意去問路，掩護他，我們藉著語言理解對方，誤解彼此，又再度信任了對方，我們在語言中學會包容和體諒，我們交換了這一生，上一代，或今晚派對的想像。

我左邊的先生開著手遊，睡著，身體有時會抖一下，淺眠期，他的行動電話一直替他自動練功，螢幕色彩繽紛，刀光劍影如虹，交錯金屬聲響，陳述另一段敘事及故事，他的手架在扶手上。我的手懸空，在鍵盤上。右邊的先生，從我上車就一直在睡，他的左手也在我右邊的扶手上，只有在推車經過時，因為叮嚀而稍移動，不是因為風的緣故，是因為推車的專業服務人員的語言，進入他的耳朵，經由震幅與語意符碼的轉換，而啟動睡夢中的另一層自我。

這一季，北美館與台北故宮都有新東西，有普希金美術館特展，有盧梭，也有畢卡索帶著莫迪里亞尼去見過的教皇雷諾瓦。正殿展覽進行中，范寬小寐，郭熙頂上，文徵明也在。魏晉有悲憫消瘦的佛像，宋朝有爵士，唐朝有嘻哈，朕知道了，百姓說不定比你更早知道，你有狼煙，揚鞭的探子騎快馬，我們也有飛機的視野與數位的山水畫，高雄文學館換了新裝潢，羽毛天空覆蓋擁抱書本的時空，排排站，就像羅葉說的，有仙子與晚霞，蜘蛛精與孫悟空，有這麼多童書、漫畫、繪本、劇本、小說、詩篇、哲學、寫真集，我們有了各種 App和網際網路。窗外有亂雲學派的雲朵出外郊遊；右前方剛下車的先生在玩的遊戲是狙擊手，狙擊手不斷移動位置，更換射擊位置，那我們還缺什麼呢？我們缺的不是愛恨，不是品味與審美，資訊海量，究竟太少還是太多，我們缺的不是惡意與善念，缺的是時間，怎麼樣才能不多不少，愛的剛剛好，溪谷與陽明山開滿了芒草，到底誰有林俊傑演唱會的門票，賣兩張給我們好嗎？

但為君故，沉吟至今。再過十幾小時就翻過新的一夜，月色或許不似前兩夜撩人，或如姚謙所寫，也許今夜我不會讓自己在思念裡沉淪。

註：原本，我想寫一篇〈月光曬傷〉，但，山北東是更有意義，謝謝那位與奶奶出行的小孩。左邊的先生醒來（他自己居然還知道要醒過來），原來他在玩的是「青雲訣」，我們轉頭看西邊的，左手邊的窗，還沒停靠站，望見交流道北上方向，白色框線的路標招牌上寫了彰化與台中，他從屏東來，這是他的一站。右邊的先生繼續睡（我越過扶手換到 3A 窗邊座位），他不是新竹、桃園、板橋、大概會是台北或南港。

致謝

特別感謝聯合文學出版社，一本又一本作品的出版就像是讓一艘在時間的海洋之下的潛水艇緩慢浮現，或是從黑暗之心的海洋深處，緩緩浮上水面，走到市場與讀者面前。

張默老師對現代詩的付出，文學史已紀錄，多耀眼。羅智成老師的〈一九七九〉對我的生命影響深遠，一首定江山。諸位推薦人與好友的作品與生命經歷紛陳且精彩，起伏轉化，對文化與社會的板塊造成莫大影響，如深流，溪水，有時又變為大川，奔流到海不復返，人們在當中吸收許多養分，受眾與讀者們各有緣分與福分，低吟歡頌，各位在我心中都是文昌與文曲星，銀河畔不停閃爍。

周昭翡總編輯對文化的愛與投入如火蔓延，感謝蕭仁豪主編與責任編輯林劭璜，書名是劭璜想出來的。也感謝辛苦的李文吉經理、行銷企劃邱懷慧及各位夥伴，大家都憑藉著自己的力量在歲月中搬動石頭，搬動是為了打動，打動是為了感動，感動後，繼續搬動。

人淡如菊，情深似海，謝謝。

國家圖書館出版品預行編目資料

酒神賦 / 洪春峰 著 . -- 初版 . -- 臺北市：
聯合文學，2019.01
240 面 ；14.8×21 公分 . -- （聯合文叢；639）

ISBN 978-986-323-292-6（平裝）

851.486　　108000127

聯合文叢 639

酒神賦

作　　者／洪春峰
發 行 人／張寶琴

總 編 輯／周昭翡
主　　編／蕭仁豪
編　　輯／林劭璜
資深美編／戴榮芝
業務部總經理／李文吉
行銷企畫／邱懷慧
發行專員／簡聖峰
財 務 部／趙玉瑩　韋秀英
人事行政組／李懷瑩
版權管理／蕭仁豪

法律顧問／理律法律事務所
陳長文律師、蔣大中律師

出 版 者／聯合文學出版社股份有限公司
地　　址／(110)臺北市基隆路一段 178 號 10 樓
電　　話／(02)27666759 轉 5107
傳　　真／(02)27567914
郵撥帳號／ 17623526 聯合文學出版社股份有限公司
登 記 證／行政院新聞局局版臺業字第 6109 號
網　　址／http://unitas.udngroup.com.tw
E-mail:unitas@udngroup.com.tw

印 刷 廠／禾耕彩色印刷有限公司
總 經 銷／聯合發行股份有限公司
地　　址／(231)新北市新店區寶橋路235巷6弄6號2樓
電　　話／(02)29178022

出版日期／ 2019 年 1 月　初版
定　　價／ 330 元

ISBN 978-986-323-292-6（平裝）　